DEUXIÈME PHILIPPIQUE,

AU PEUPLE

Par N. Parfait,

AUTEUR DE LA RÉPLIQUE A BARTHÉLEMY.

*

La voix du peuple est la voix de Dieu.

*

PARIS,
AU PALAIS-ROYAL;
ET CHEZ L'AUTEUR, RUE ST.-MÉRY, HOTEL JABACH.

DÉCEMBRE, 1832.

. . . .

. . . .

Donc incompatibilité ! . . . .

Offense envers le roi.

Que dire de celui qu'on veut éloigner d'un abîme et qui vous répond par un soufflet?

Que cet homme est aveugle ou stupide, et que le parti le plus sage est de le laisser courir à sa perte.

C'est bien ; mais si la chute de cet insensé peut amener la ruine d'un empire, s'il ne doit lui-même tomber qu'en glissant sur du sang, faut-il donc lâchement se taire et contempler l'avenir avec une froide insouciance? Oh! non, évidemment non : rester muet, alors, serait un crime, et parler est un devoir sacré!

Eh bien! c'est moi qu'on a souffleté, c'est moi qu'on a voulu réduire au silence! S'il me faut dévorer l'outrage, du moins, ne peut-on, malgré moi, m'imposer des bâillons : au prix de ma liberté, je les arrache!..

Allons! vous dont j'ai soulevé l'inexorable haine, traduisez-moi devant vos tribunaux, juges et parties, condamnez-moi! Le Peuple aussi, à son tour, viendra vous appeler à sa barre, c'est à ce tribunal que vous rendrez compte de vos félonies : vous y verrez siéger un juge inexorable, car vous aurez éteint en lui toute pitié, car vous aurez, vous-mêmes, accumulé son fiel....

Ah! vous aviez donc cru m'effrayer en tordant chacun de mes vers, pour en extraire un crime! Détrompez-vous, mes hauts et puissans seigneurs, je ne m'effraie ni de vos menaces, ni de vos persécutions!

Qu'ai-je à redouter d'ailleurs? la misère? je l'ai; la prison? je la brave; l'exil!... il serait court: la Liberté vient à grands pas!

Oui! c'est en vain que vous vous efforcez de comprimer le torrent populaire : quelque temps, vous pourrez peut-être l'emprisonner dans vos digues étroites, mais le flot, qui, chaque jour, s'amoncèle et bouillonne, finira par déborder; il jaillira avec l'impétuosité de la cataracte, entrainant alors tout ce qui s'opposait à son cours!... Malheur! car on verra flotter, à sa surface, une couronne sans fleurons, qui viendra se heurter contre un sceptre brisé!!!. . . . .

. . . .

. . . .

. . . .

. . . .

AU PEUPLE.

Le peuple! c'est-à-dire : une foule, une mer,
Un grand bruit, pleurs et cris, parfois un rire amer :
Oh ! le peuple... Océan, onde sans cesse émue,
Où l'on ne jette rien sans que tout ne remue;
Vague qui broie un trône, ou qui berce un tombeau,
Miroir, où rarement un roi se voit en beau!...

V. HUGO.

Le peuple ! il reviendra, tout pantelant de haine,
Ressusciter Juillet sur la sanglante arène !
Oui, nous le reverrons venir, les yeux ardens,
La foudre dans la main et le salpêtre aux dents;
Nous entendrons mugir son imposant organe;
De ses rangs décuplés jailliront d'autres Jeanne,
D'autres hommes d'airain, d'autres cœurs généreux,
Qui seront nos vengeurs... mais vengeurs plus heureux!

Première Philippique.

AU PEUPLE.

Peuple! à toi, cette fois, mon hymne de détresse!
A toi de recueillir le chant que je t'adresse!
C'est en vain qu'on oppose une entrave à mes pas,
Mon vers l'a suscitée et je ne la crains pas.

Insensé! j'avais cru pouvoir, au pied du trône,
Porter le cri de deuil de la sainte patronne,

Et, sans grossir encor le réservoir de fiel,
Interpréter au Roi les oracles du ciel...
Simple enfant! j'ignorais que la vérité nue,
La vérité sans voile, aux cours est inconnue,
Et que, lorsqu'elle y vient sans fard et sans joyaux,
Sa voix n'a point d'écho dans les palais royaux!
Oh! comme il est passé mon rêve de jeune homme!
Malheur! malheur sur moi! j'ai voulu sauver Rome:
J'ai voulu, trop instruit par un grand souvenir,
En face du passé, maudire l'avenir....
Malheur! car j'ai, dit-on, réveillant l'anarchie,
A son Vingt-un Janvier voué la monarchie,
Et, le front ceint encor du lin de puberté,
Soulevé la révolte, aux cris de : LIBERTÉ!...

Ah! puisqu'au loin, sur moi, l'orage s'amoncèle,
C'est au Peuple, aujourd'hui, que ma voix en appelle!

Au Peuple! il sait juger ses défenseurs constans;
Et celui, d'entre tous, qu'il voit, avant le temps,
Bouillant du noble orgueil de fournir sa carrière,
Escalader l'arène et franchir la barrière,
Stigmatisant à vif tant de célébrités,
Tant de hauts apostats, d'un vain titre abrités,
Celui qu'il voit, sans peur, le premier sur la brèche,
Lancer, au camp félon, l'incendiaire mèche,
Qui, pointant son canon sur le fort des pervers,
Le démantèle, au feu du boulet de ses vers,
Oh! celui-là, si droit, si ferme en son système,
Qui va le front levé, défiant l'anathème,
Dans le Peuple toujours trouvera son appui,
Car la force et le droit reposent tout en lui!

Sachez pourtant, vous tous dont j'armai la colère,
Combien je fuis le joug d'un maître populaire;

Toujours je chanterai le Peuple, et, cependant,
Croyez qu'en mes écrits je suis indépendant;
Qu'il soit vêtu de bure ou ceint du laticlave,
Jamais despote, en moi, ne verra son esclave;
Non; je n'ai qu'un seul guide en tout : la vérité;
Qu'un seul maître : l'honneur; qu'un dieu : la liberté!..

Retiens donc mes leçons; Peuple écoute et médite!
Les crimes sont fréquens à la race maudite :
Suis, dans l'antre des cours, mon sévère coup-d'œil;
Voici des chants nouveaux inspirés par ton deuil :

Quand un parti succède au parti qui succombe
Et que le sang versé décuple l'hécatombe,
Parfois on voit surgir, comme un vivant remord,
Quelque hardi sectaire, oublié par la mort,

Ou quelque fanatique, altéré de carnage,
Qui nourrit la vengeance au fiel où son cœur nage,
Et qui, pour féconder ce profond réservoir,
Y cadenasse encore un décevant espoir;
Puis, lorsque le torrent, qu'avec peine il comprime,
Déborde, c'en est fait: cet homme a soif du crime;
Et, sa rage abreuvée, en face d'un sénat,
Il vient, s'illuminant de son assassinat!!...

Oh! quand on voit cela, lorsque l'homme qui tue
Prend pour son piédestal la victime abattue,
C'est qu'à l'autel d'airain que sert le meurtrier,
La force et la vertu ne viennent plus prier;
C'est que, déshérité par le droit du royaume,
Son politique Dieu n'est plus qu'un vain fantôme,
Dont les foudres mourans, feux follets de la nuit,
Guident vers le tombeau l'insensé qui les suit!

Ils l'avaient bien jugé, Peuple, tes nouveaux maîtres!
Ils se sont faits jongleurs, ils étaient déjà traîtres :
« Achevons, ont-ils dit, l'ogre républicain,
» Achevons-le d'un coup; c'est un plat mannequin
» Qui désormais, pour nous, essuîra les tempêtes :
» C'est le fer aimanté qui doit sauver nos têtes!.. »
Puis, poussant jusqu'au bout leur infame dessein :
« Feignons, se dirent-ils, un complot assassin;
» Voici, pour nous servir, l'époque de Novembre;
» Que le dix-neuf, à l'heure où s'ouvrira la Chambre,
» Un pistolet, à blanc, soit tiré sur le Roi,
» Et que la France entière apprenne, avec effroi,
» Que l'homicide main, qui, dans la capitale,
» Voulut ressusciter cette autre œuvre INFERNALE,
» N'était que l'instrument, lâchement aguerri,
» Du parti des Trois-Cents, tombés à St.-Méry... »

Sot orgueil! ils croyaient qu'enfin la République
N'était plus qu'un hochet pour leur jeu despotique,
Que son règne avorté fuyait devant ses fils,
Comme un brillant mirage, aux plaines de Memphis,
Et qu'au dernier champ clos des batailles civiles,
Les défenseurs de Sparte avaient leurs Thermopyles!
Aveugles qu'ils étaient! il survit des soldats;
Il reste des vengeurs à nos Léonidas!...
Au jour dit, ils viendront, grands de toute leur taille,
Déclarer au pouvoir sa dernière bataille:
Oh! celle-ci sera sanglante et sans appel!
Tout entier, dans la chair, plongera le scalpel...
Allez donc, maintenant acteurs de parodie,
Essayez de monter une autre comédie;
Sur le pont, faites mordre aux badauds vos appâts;
Mais à vous tous: arrière! eh! vous n'y pensez pas!
Inhabiles jongleurs! vos tours de passe-passe
Ne fascineront plus le citoyen qui passe;

Il sait que, pour sauver la sainte liberté,
Jamais Républicain ne commît lâcheté;
S'il voit un ennemi, dans son ardeur guerrière,
C'est devant qu'il le frappe, et non point par derrière;
Oui, sans doute, en nos deuils, en nos calamités,
C'est au forum qu'il tient ses bruyans comités:
Sans doute, au jour néfaste, il descend dans la rue,
Entraînant la révolte à sa voix accourue,
Sans doute, pour changer la face de l'état,
C'est la guerre qu'il veut... jamais l'assassinat!!...

Et nos tribuns, pourtant, après ces jongleries,
N'ont pas craint de se rendre, EN MASSE, aux Tuileries,
Congratulant le roi du miracle nouveau,
Dénoncé, par avance, au journal de Sauvo;
Et toi-même, Barrot, lacérant ta poitrine,
Tu suivis, au palais, les pas de la doctrine

Et le Sauveur, qui porte, avec tant de fierté,
Son incommensurable impopularité....
Oh! quand ils auront vu le cadavre des Chambres,
D'un mouvement subit, galvanisant ses membres,
Aux genoux de son roi déplorer nos malheurs,
Lécher ses pieds, d'amour, et les baigner de pleurs,
Oh! cuirassés alors d'un appui tutélaire,
Ils auront cru pouvoir déchaîner leur colère,
Et, dans l'impunité qui servait leurs desseins,
Des patriotes purs faire des assassins....
Ce fut toi, plus que tous, qui soulevas leurs haines,
Girou, noble martyr qu'ils ont couvert de chaînes;
Innocent, qu'ils n'ont pu traîner aux échafauds,
Et qu'ils plongent, de rage, au fond de leurs cachots!
Va! subis, sans murmure, un si flagrant outrage;
Espère en l'avenir, pauvre ami : prends courage!
S'ils fouillent, aujourd'hui, l'arsenal des affronts,
De nos fers, nous demain, nous les écraserons!!...

Et vous, à peine osè-je, en ces momens d'alarmes,
Confondre quelques pleurs à vos civiques larmes,
Rossignol, Jeanne, Bainse, auréole de noms,
Trinité de héros dont nous nous souvenons!
Je craindrais d'aggraver encor votre infortune;
A revenir toujours la plainte est importune!
Cessons : chanter va mal au seuil d'une prison;
Détournons nos regards vers un autre horizon :

Ecoutez! écoutez!... là bas, le boulet gronde,
La balle, en coupant l'air, siffle comme la fronde,
C'est un champ de bataille; oh! que cet air est beau!
Comme il joue, en montant, aux plis de ce lambeau!
C'est l'hymne marseillais, c'est le refrain des braves,
Qui fait les rois petits, qui grandit les esclaves!
Il n'est donc plus proscrit ce chant séditieux.
Ce n'est donc point un songe : il vibre jusqu'aux cieux,

Annonçant aux tyrans l'aurore expiatoire,
Il va nous entraîner de victoire en victoire,
Liberté ! tu peux donc enfin compter sur nous ;
Tes enfans sont levés... Potentats, à genoux !!...
Où m'égaré-je? hélas! tout fuit : ce n'est qu'un rêve,
Les sons du chant sacré vont mourir sur la grève,
Ce n'est qu'un triste éclair, une velléïté,
Qui n'éveillera pas l'auguste Déïté....
Ce canon, cependant, c'est celui de la France :
Ce prisme, son drapeau, l'arc-en-ciel d'espérance :
Ces guerriers. Oh! douleur! des larmes dans nos voix ;
Pavoisons-nous de deuil ! ils tombent pour des Rois!
Ils tombent, murmurant le nom de la patrie :
Adieux de nobles fils à leur mère chérie;
Qu'un lâche frappe au cœur, et qu'ils n'ont pu venger
Du spadassin honteux qui la vient outrager !
Gloire ! gloire, pourtant, à notre jeune armée !
Ne lui contestons pas sa vieille renommée,

Car elle avait cru lire, aux murailles d'Anvers,
En cherchant un chemin : ROUTE DE L'UNIVERS !!
Pouvait-elle penser qu'au pied de ces tourelles,
La mort allait vider de royales querelles,
Sans qu'il s'ouvrît, au sol où tant de sang coulait,
Un tombeau, pour les rois, creusé par le boulet!

. . . .

Espérons! l'avenir nous garde ces merveilles!
Mais, l'espoir, n'est-ce pas le démon de nos veilles?..
Espérer, c'est attendre; attendre, c'est souffrir;
En vivant de souffrance, on fait plus que mourir!
Le Dieu, qui nous dispense une aussi triste vie,
Ne verra-t-il jamais sa colère assouvie?
Souffrira-t-il, toujours, que des Nains empourprés
Violent, sans pudeur, nos droits les plus sacrés?
Faut-il que le Géant qui tresse les couronnes,
Leur soit un marche-pied, pour s'élever aux trônes?
Non : ce Dieu renirait son pouvoir paternel :

Pour donner force au peuple, il l'a fait éternel!
Peu nous importe donc, souverains éphémères,
Que de plats courtisans nourrissent vos chimères;
Qu'ils vous disent: « Le peuple à vos pieds doit ramper,
S'il veut parler trop haut, vous pouvez l'*écharper.* »
Il faudra bien qu'un jour le bras de la justice,
Terrible et sans pitié, sur vous s'appesantisse,
Il faudra bien, enfin, qu'il mesure vos fers
Et vos maux aux tourmens que nous aurons soufferts!
Attendez! le lion, qui languit sous la tente,
Saura trancher, bientôt, une si longue attente:
Alors, comme une trombe, en son magique vol,
Son souffle balaîra les tyrans sur le sol!!

Et maintenant, ô peuple! ai-je dit tous les crimes,
Sont-ils détaillés tous sur mes listes intimes?
Du pouvoir, homicide et sanglant dans ses jeux,

Mon vers a-t-il, à fond, sondé l'antre fangeux?
Dois-je, pour compléter ma véridique histoire,
Ajouter un feuillet à ce long répertoire ?...
Du moins, épargnons-nous de repoussans aspects :
Glissons vite, glissons sur LA LOI DES SUSPECTS ;
Peuple! ce n'est pas là ce qui cause tes larmes ;
Non ; tu me dis : « Poète, oublions nos alarmes :
« Qu'importe qu'un Despote ose nous outrager?
« Tot ou tard, tu l'as dit, nous saurons nous venger ;
« Nos malheurs finiront; mais nous avons des frères,
« Qui couvrent leurs drapeaux de crêpes funéraires :
« Fiers, enfin, de payer par l'hospitalité
« Ce que devait la France à leur paternité ;
« De tous les cœurs français l'ardeur reconnaissante
« Leur rendrait, dans nos murs, une patrie ardente;
Mais au pouvoir tremblant, sans honte, sans remords.
« La chasse sous nos yeux, et rend sa proie au Nord.
« Pleurons, pleurons sur eux, l'atroce politique

« A fait des *parias* de ce peuple héroïque.
Poëte, sur leurs pas jette au moins quelques fleurs!
Tu comprends, car tes pleurs se mêlent à nos pleurs.»

Oh! oui, je la comprends, Peuple, ta voix sublime;
Oui, je sens, dans mon sein, comme une sourde lime
Que pousse la douleur, poison lent de mes jours,
Quand je pense aux proscrits, et j'y pense toujours!
Cruel Pouvoir! fermer, à ceux qu'un Tigre exile,
Le seuil hospitalier, le toit du champ d'asile!
Leur jeter, comme appât, quelques mots d'amitié,
Puis, à peine arrivés les chasser sans pitié!!!
Oh! c'est à blasphémer la divine clémence;
C'est à se demander : Est-ce rêve ou démence?
Quoi! c'est vous Polonais qui, la rougeur au front,
Essuyez de la France, aujourd'hui, cet affront...
Hélas! le Czar le veut, et notre Roi l'ordonne,

Peuple, survis ou meurs : l'univers t'abandonne ;
Nos seuls vœux te suivront; oh ! c'est peu, je le sens,
Lorsque, pour nous, ces vœux sont encor impuissans
Mais la France, parfois, a des jours de colère
Qui font, quand elle veut, luire une nouvelle ère :
Nous avons tous des bras, tous des fibres au cœur :
Paris, en se levant, peut être encor vainqueur...
Juillet peut payer Juin ; le Soleil des Trois-Fêtes,
De ses ardens rayons, peut redorer nos têtes !
Eh bien ! lorsque poindra la suprême clarté,
Frère ! à nous la vengeance, à nous la liberté !

Le voilà, cette fois, mon hymne de détresse :
Peuple ! médite bien le chant que je t'adresse !
S'il doit bâtir encore une entrave à mes pas,
Stoïque, je l'attends, car je ne la crains pas.

C'est en vain qu'on oppose une entrave à mes pas.

Il n'est pas de persécutions qu'on n'ait dirigées contre moi, à l'occasion de ma *Philippique au Roi* : la POLICE-GISQUET a fait saisir mon ouvrage chez tous les libraires, avec des rigueurs inouies : On a été jusqu'à exiger d'eux le nom des citoyens qui m'avaient acheté, comme pour en dresser une liste de proscription !...

Il est facile de concevoir qu'après toutes ces poursuites, MM. les Imprimeurs devaient craiudre de m'imprimer ; c'est ce qui explique le retard apporté à cette seconde publication.

Des accusations portées contre moi, je n'en parlerai pas; c'est devant mes juges que je dois les repousser; je serai fort, car, j'ai, pour moi, le droit et la vérité.

2 Que le dix-neuf, à l'heure où s'ouvrira la Chambre.

Est-ce ma faute si je viens, si tard, parler de la *farce* du Pont-Royal, et dois-je passer sous silence ce que je sais de relatif à l'*horrible attentat*, qui a suscité une si ridicule foison d'*adresses*? Non; je snis trop heureux de pouvoir ajouter quelques faits aux *Révélations*, déjà trop évidentes, de mon estimable ami, M. Ferdinand Flocon (1).

3 Un pistolet, à blanc, soit tiré sur le Roi.

On n'a pu établir que le pistolet tiré sur le Roi fût chargé à balle : aucune indice n'en a pu faire reconnaître la trace, et la détonation a dailleurs été trop faible, pour que l'on pusse raisonnablement le supposer.

4 . . . . Au journal de Sauvo.

M. Sauvo, rédacteur en chef du *Moniteur*.

5 Et le Sauveur. . . . . . .

Tout le monde connaît ce mot de M. Dupin : « *Sire! ils*

(1) Brochure in-8., qui se trouve chez Prévot, libraire-éditeur, rue J.-J. Rousseau, n. 5, et chez Levavasseur, Palais-Royal.

ont tiré sur eux-mêmes! » Il disait vrai; nous aussi nous disons : *Ils* ont tiré sur eux-mêmes.

6 Lécher ses pieds, d'amour, et les baigner de pleurs!

Ceci n'est point une hyperbole; un journal ministériel disait qu'à la réception des députés, le soir du 19 : *Tous les yeux étaient mouillés de larmes.*

7 Des patriotes purs faire des assassins.

Je ne veux point énumérer ici les noms des citoyens prévenus du soi-disant clomplot de novembre; je renvoie, ceux qui voudraient en connaître le nombre, à l'ouvrage de M. Flocon, dont j'ai parlé plus haut : voici, seulement, nne petite anecdote dont je puis garantir l'authenticité, et qui prouve combien nos gouvernans aspiraient à trouver une victime. sur qui pût retomber tout l'odieux de l'iutrigue déjouée :

On sait que le nommé Courtois, après s'être fait arrêter comme coupable de l'*horrible attentat*, fit appeler le bâtonnier de l'ordre des avocats, M. Parquin; il devait lui faire, disait-on, une confession entière et détaillée. M. Parquin se rendit aux désirs de Courtois, et, le jour même, reçut une invitation pour dîner aux Tuileries : M. le bâtonnier ne se fit pas attendre. Après avoir épuisé plusieurs sujets, la conversation tomba sur Courtois : le Roi demanda à M. Parquin si, d'après les révélatious de cet homme, on pouvait penser qu'il fût le vrai coupable. M. Parquin répondit qu'il avait tout lieu de le croire, mais qu'il ne pouvait encore rien affirmer : *Oh!* dit alors le Roi, *je voudrais bien que ce fût lui!...* Pourquoi, lui dit naïvement M. Parquin? *c'est que cela me tirerait d'une grande inquiétude* ! Et, plusieurs fois, le Roi répéta encore : *Je voudrais bien que ce fût lui.*

Girou, noble martyr qu'ils ont couvert de chaînes !

Pour montrer avec quelle indignité on a procédé à l'égard de Girou, il suffit de dire que la police était le 19 chez lui, faubourg Saint-Antoine, à trois heures un quart, armée d'un mandat d'arrêt et de perquisition. Le coup de pistolet aurait été tiré, selon les journaux ministériels, à deux heures un quart; ainsi, dans l'espace d'une heure, on eût pu trouver le temps de dénoncer un coupable, d'en dresser procès-verbal, et de se rendre à son domicile, situé à une lieue de l'endroit où le crime aurait, dit-on, été commis !....

Innocent, qu'ils n'ont pu traîner aux échafauds,

Girou, malgré les dépositions des nombreux témoins qui ne l'ont pas quitté le 19, et qui nient sa participation à l'*horrible attentat*, est toujours détenu à la Conciergerie, sans espoir d'en sortir bientôt.

On agit de la même manière envers ses compagnons d'infortune : Benoît et Bergeron sont encore dans les prisons, *et n'en sortiront*, leur a-t-on dit, *que lorsqu'ils auront fait des révélations.*

Les infâmes!.... l'infortuné Collet n'a-t-il pas subi une espèce de question? ne lui ont-ils pas arraché, par les douleurs, assez d'aveux?... Si leur rage n'est pas satisfaite, qu'ils demandent donc *l'inquisition;* qu'ils la demandent, et nous saurons à quoi nous en tenir!

C'est l'hymne marseillais. . . . . .

Nos soldats, en travaillant au siége d'Anvers, chantaient nos hymnes républicains : c'est ce que les feuilles du ministère se sont bien gardées de nous dire.

. . . . Vous pouvez l'*écharper*.

Allusion au dernier discours de l'accusateur du Roi, Persil. « Honneur! honneur, disait-il, à celui qui, pensant qu'un « homme soit coupable, se jetterait sur lui pour l'écharper et « le mettre en pièces!.... »

. . . . La loi des suspects.

On a tout dit sur le fameux projet présenté à la Chambre par l'*ex-carbonaro* Barthe : est-il d'ailleurs besoin de commenter une telle loi?....

Quoi! c'est vous, Polonais!. . . . . . .

Quel cœur, vraiment français, ne se soulève pas en pensant aux persécutions sans nombre que le gouvernement dirige contre nos malheureux frères du Nord?....

Il vient d'être rendu une ordonnance qui les bannit à jamais du Royaume.

Malheureuse France ! n'est-tu pas déjà trop avilie !......

TROISIÈME PHILIPPIQUE.

AUX MINISTRES.

C.

Paris. Imprimerie d'Aug. MIE, rue Joquelet, n. 9.

www.ingramcontent.com/pod-product-compliance
Ingram Content Group UK Ltd.
Pitfield, Milton Keynes, MK11 3LW, UK
UKHW020223200726
13856UKWH00004B/1591

9 782013 078924